내 딸 민지를 영원히 잊지 않기 위해 이 책을 바칩니다.

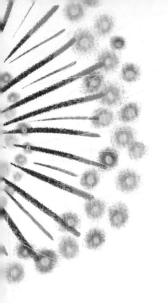

김영미 청소년 시집

붕어빵과 달

시 김영미 | 그림 장여회

파란정원

사춘기를 축하하며

며칠 전 가족 모임에서의 일이었습니다.

화아, 오랜만에 늦둥이 조카님께서 참석해 주셨습니다. 항상 거의 어른들 수준만의 모임이었기에 우리들의 시선은 당연히 예쁜 조카님께로 꽂혔고, 모두 애정이 담뿍 어린, 관심의 한마디로 사랑의 말을 날렸습니다. 그런데 이 조카님, 어찌할 바를 모르고 갑자기 얼굴이 붉으락푸르락하더니 소리를 빽 지르며 방으로 휑 들어가 버리는 겁니다.

뭐라 했냐고요? 아, 글쎄 "저 사춘기예욧!" 했답니다.

우리 어른들은 모두 당황했습니다. 속으로는 저도 바쁘게 머리를 굴렸죠.

'아, 자기 입으로, 자기 스스로 저렇게 사춘기라고 공포하기도 하는구나.'

이 모임에서 당연히 가장 어렸던 조카님의 엄마는 어쩔 줄 몰라 하며 변명 아닌 변명을 하느라 바빴죠. 저는 그 속에서 어렵게 사춘기를 보냈던 사랑하는 막내딸 민지를 떠올렸고, 우리 민지도 스스로 저렇게 사춘기라고 외쳐 주었으면 얼마나 좋았을까, 하는 생각에 빠져들었답니다.

저는 우리 민지를 너무나 사랑했지만, 그 애의 마음을 읽어주는 데는 서툴렀습니다. 큰애들이 사춘기가 있었나? 할 정도로 둔하게 넘어갔기에 저는 민지의 사춘기를 심각하게 생각하지 않았습니다. 내성적이었던 민지는 그때가 참 힘들었나 봅니다. 결국 '식이장애'라는 엄청난 병을 앓게 됐고, 음식을 거부하기에 이르렀습니다.

저는 민지에게 한 발 다가가기 위한 방법으로 시를 쓰기 시작했습니다. '달'이라는 시를 쓴 것도 그때였습니다. 그 시를 보며 파리한 입술로 민지가 말했습니다.

"엄마, 내 마음과 똑같아!"

저는 그 말에 힘이 나서 계속 시를 썼습니다. 그리고 지금까지 시를 쓰고 있습니다. 민지처럼 어렵게 사춘기를 겪는 청소년들의 마음을 조금이라도 이해해 주고 싶었습니다.

우리는 어쩌면 가족이어서, 너무나 사랑하는 까닭에 지나치게 오버하는 행동으로 오히려 서로에게 상처를 주기도 합니다. 그건 '소통 부재'라는 악명 높은 언어로 우리를 힘들게 하지요. 하지만 그 담을 못 넘을 까닭도 없습니다. 의외로 날마다 먹어야 하는 음식의 힘은 아주 세서 가족과 함께 나누는 한 끼의 식사가 우리의 삶을 바꿔 놓을 수도 있다고 굳게 믿고 있습니다.

여러분, 힘내세요! 그리고,

"지금 사춘기라는 크나큰 통과의례의 문을 지나는 여러분,
축하합니닷!"

김영미

/ 차례 /

3부 화산 폭발

1부
붕어빵

아름다운 손톱

처음으로 생일 파티에 초대받은 날,
난 깜짝 놀랐다
세상에 그렇게 아름다운 손톱이 있다는 걸

음식을 내오는
민호 엄마의 빨간 손톱은
보석처럼 반짝거렸다

맛있는 음식을 많이 먹으라고
자꾸만 권하는 민호 엄마의 손!

나는
하루 종일 공장에서 일하느라
손톱 사이 덕지덕지 때가 낀
엄마 손이 떠올라
자꾸만 목이 메었다.

커다란 내 꿈!

페루의 나스카 평원에는
엄청나게 큰 그림들이 있네
벌새, 고래, 원숭이, 개, 나무 등
어찌나 큰지
그림들은 길이가 100m도 넘네

그래서 사람들은
이 그림을 보려면
꼭 하늘 높이 올라
공중에서 내려다봐야 하네

엄마,
나 지금 공부 좀 못한다고
무시 말아요!
내가 가슴속 꼭꼭 그려 둔 내 꿈
어찌나 큰지
하늘 높은 곳에서 봐야 한단 말예욧!

영어 인사

시골서 혼자 살던 왕할머니
몸이 아파
우리 집에 살러 오셨다

식구들 눈치 다 별로인데
네 살짜리 막내만
날마다 왕할머니께 찰싹, 붙었다
나이가 합해 백 살이라
찰떡궁합인가?

그런데 야단났다!
왕할머니께
온갖 말 다 배우던 동생
영어도 배웠다

아침마다
모든 방 노크하고 다니며
영어 인사한다고
굳두모닝, 굳두모~닝!

잠자는 병실의 아빠

아빠,
이건 반칙이야!
엄마가 뽀뽀하면 일어나야지
백 년 동안 잠자던 공주님도 왕자님이 뽀뽀하면 일어나잖아?

좋아,
삼세번은 기다려 줄게

하지만, 하지만
내가 세 번씩이나 뽀뽀해도
그때도 잠만 자면!

나, 삐질 거야!
아빠랑 다시는 말도 안 할 거야!

그러니 제발 눈 좀 떠!
사랑하는 우리 아빠.

피리 부는 사나이

자연이 훼손되어 지구환경이 오염됐대요
생태계도 교란되어 생물들도 혼란스럽대요

저 옛날 개체 수가 너무 많아지면
알아서 절벽을 뛰어내렸다는 쥐들이 생각났어요

약속을 지키지 않는 어른들이 미워
아이들을 데려가 버린
하멜른의 피리 부는 사나이가 떠올랐어요

갈수록 심해지는 환경 파괴,
약속을 지키지 않는 어른들

또,
피리 부는 사나이가
우리를 다 데려갈까
너무너무 무서워요!

고드름

지구 온난화 땜에
날마다 눈치만 보던 겨울
드디어 날 잡았다

산에도 들에도
숲에도 동굴에도
작은 나뭇가지에도……
몽땅,
밀린 빨래해 널었다

오랜만에
소원 풀이한
겨울의 고드름 빨래!

보기만 해도
참, 시원하다!

겨울,
속! 차암! 후련하겠다!

바다

바다는
내 마음 같다

집 나간 엄마 보고파
썰물 따라
멀리 나가 보지만

병든 아빠가 걱정되어
가던 길 멈추고
허겁지겁 돌아오는
밀물!

엄마 손 잡고!

이른 아침,
혼자서 학교 가는 길

또
날마다 지나는 프랑스 빵집 앞이다
흠흠흠~
맡지 않으려 해도
이미 내 몸 안 깊숙이 들어온
죽여 주는 그 냄새
흠흠흠~

누군가 남았다고 보육원으로 갖다 주는
늦은 밤 간식,
식어 빠진 빵 조각 말고!

지금 프랑스 빵집에
엄마 손 잡고 들어가는 저 아이처럼
따뜻한 냄새 무럭무럭 나는
저 빵을 한 번만 사고 싶다
엄마 손 잡고.

꽃밭

서향집 해바라기 창을
여름내 두드리던 해님

십이월 마지막 날에
그 깊은 뜻을 알았습니다

마지막 달력을 떼니
퇴색한 꽃 벽지 속에서
사각형의 예쁜 꽃밭이 나옵니다

엄마와 내게 주는
새해의 희망처럼
선명하게 아름다운 꽃밭!

퇴색하지 않는 우리의 희망입니다!

은행나무

태곳적부터
지구를 지켜온 너

푸른 별의,
영원한 향수를 꿈꾸며

오늘도
온몸 부채로
더워진 지구를 식힌다.

담쟁이넝쿨

담쟁이가 푸른 길을 가꾸고 있다
학교 벽면에,

바람이 자꾸 방해하지만
담쟁이는 꿋꿋하다
묵묵히 자기의 갈 길을 간다

바람이 떠난 자리
담쟁이가 그린 초록 지도,
눈부시다!

눈

하느님이 하늘에서
하얀 쌀가루를 뿌리시네!

벼농사 애쓰게 지어
수매 못 한
울 아빠 걱정 마시라고

쌀가마니 모두 하늘로 옮겨
가루로 빻아 뿌리시네!

밀가루 빵 대신
맛있는 떡 해 먹으면 된다고
쉬지 않고 온밤 내 흰 눈을 뿌리시네.

붕어빵

시흥 사거리에서 붕어빵 파는
우리 아빠!
산수를, 산수를 나보다 못한다

세 개에 천 원인 붕어빵이
한 개 사면 삼백 원이란다

–아빠, 한 개는 삼백삼십삼 점 삼삼삼…… 원
나머지는 안 받아도 삼백삼십삼 원은 받아야죠?

–아들!
 한 개 사는 사람이 부자니?
 세 개 사는 사람이 부자니?

–세 개!
딩동댕~

–그러니까 한 개 사는 가난한 사람에겐
할인해서 삼백 원!

아하, 이건 진짜 수학?

달

네 비밀 다 알아!
너도
나처럼 식이장애 걸렸지?

거식증일 땐 빼빼 말랐다가
폭식증이 오면 엄청 뚱뚱해지는 병,
참 안됐다!

그치만
너랑 똑같은 병 앓는
내가 네 맘 알아주니
좀 위로가 되지?

간판 내리던 날 - 영광 통닭!

내가 태어나던 해
김영광, 내 이름을 따서 지었다는 영광 통닭!
그동안 성실하게 우리 가족을 잘도 먹여 살렸다

그런데
지난해 이웃에 슬그머니 들어선 대형 마트!

얼마 전에 옆집 슈퍼 아저씨를 울게 하더니
이번엔 통닭 특별 세일로 우리 집을 울린다

버티다, 버티다
결국,
아빠는 오늘 영광 통닭, 간판을 내렸다

날마다 통닭 다듬느라 퉁퉁 불은 아빠 손과
속상해서 우느라 퉁퉁 부은 엄마 눈을 보며
나는 반드시
미래의 영광을 되찾겠다고 다짐했다

김영광,
아니 영광 통닭! 파이팅!

용복이

새터민 새 친구가 전학을 왔네
이름도 촌스러운 용복이

똑같은 우리 말인데
많이도 다르게 들리는
세종대왕표 한글!

그래서 용복이는 왕따 대장이 되고 말았네

만약에, 만약에
남한 북한이 바뀌었다면
우리는 어떻게 자라고 있을까?

강박증과 나

아침에 벌써
손을 다섯 번 씻었다
손이 물에 불은 오징어 같다

거실 바닥 마름모 눈금을
밟지 않으려고
조심조심 앙감질*로 걷고,

눈앞에 엘리베이터를 두고도
칠층 계단을
세 번이나 오르내렸다

그런데, 그런데 그런데
다 꽝이다!
일어날 일은 다 일어난다

안 되겠다, 멈춰야겠다!
불끈!
강박증들을 떼어내
냅다 동댕이쳤다

다음 날 아침,
한 번 더 마음을 다지고
엘리베이터 앞에 섰다

그런데 머뭇머뭇 또 발이 떼어지질 않는다.

*앙감질 한 발을 들고 한 발은 뛰는 것

2부

감정 카드

선탠

텃밭에서 가지가 선탠을 한다
누나가 옥상에서 선탠을 한다

누가 더 까매졌나 내기하는데
속살도 누가 더 흰지 내기하는데

까맣게 탄 겉살도 가지가 일등!
눈부신 속살도 가지가 일등!

아이참,
우리 누나 속상해 어떡하지?

연탄

쪽방 할머니,
아직 날씨가 따뜻한데도
벌써 날마다 겨울 걱정

그 마음이 통했을까
나눔 천사가 연탄을 보냈다

천사의 마음처럼
연탄이 연탄을 이고
부엌에 방한벽을 쌓아

할머니
가슴 구멍 바람까지
꼭꼭 다 막았다.

함께 피우는 꽃

예수병원 건강 검진실 앞
흑인, 백인, 우리나라 사람들
한 줄로 서 있습니다

소매를 걷은 까만 팔뚝
소매를 걷은 하얀 팔뚝
소매를 걷은 노란 팔뚝에
주삿바늘을 꽂아 피를 뽑습니다

분명 까만, 하얀, 노란 팔뚝들이었는데,
마치 화난 막대기 같았는데,
실린더에 담긴 피는
모두 붉은빛입니다

역시 우리는
같은 지구 꽃밭에서
오순도순 어울려 피는
이름만 다른 꽃들입니다.

할머니의 앨범

할머니 집에 가면
방 벽이 온통 사진이다

텔레비전 자리만 겨우 비우고
크고 작은 사진들이
미술 작품처럼 붙었다

－요것들만 보면 당최 시간 가는 줄을 모르겠어!
혼잣말하는 주름진 얼굴
사진 속의 세월이 들어있다

딸, 아들, 손자, 며느리 다 모여
꽃처럼 활짝 웃는 얼굴 얼굴들!

오늘도
할머니의 마음을 다리미처럼 쪽쪽 편다.

점자 편지

당뇨로 실명하신 아빠를 위해
엄마는
날마다 직접 가꾼
녹즙을 만든다

그전,
푸른 채소를 씻는 건
언제나 내 몫

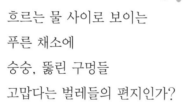

흐르는 물 사이로 보이는
푸른 채소에
숭숭, 뚫린 구멍들
고맙다는 벌레들의 편지인가?

맞아!
우리 아빠 힘내라고
보낸 희망의 점자 편지야!

수다쟁이

내 짝꿍 은서는 수다쟁이!

공부시간이 더 좋을 때도 있다
선생님이 무서워 그땐 조용하니까

입이 한 개인 게 참 다행이다
적어도 먹는 동안은 조용하니까

그래도 잠시 짬만 있으면
—그래서 말인데……
—쟨, 왜 저러는 거야?
—너, 조용히 하고 내 말 좀 들어 봐!

혼자 말은 다 하면서
나더러 조용히 하란다

근데 참 이상하다
감기로 은서가 결석한 날
내 귀가 자꾸
은서의 수다를 그리워한다.

방한 이불

달동네 신작로,
연탄이 사람들 손을 타고 하늘 동네로 갑니다

자원봉사 아저씨들
손에서 손으로 이어진 끈이
긴 연탄 목걸이를 만듭니다

그리고
연탄 목걸이들!
까만 이불이 되어
하늘 동네 사람들을 따뜻하게 덮어 줍니다.

왕따

우리 모두가
함부로 해도 됐던
경수가 변했다

어느 날부터
날을 세운 눈빛
스테이크라도 썰어 버릴 기세!

아이들은 슬금슬금
뒷전으로 밀리고

이젠
아무도 경수를 무시할 수 없다

비겁하게,
행동으로는
경수에게 아무 도움도 못 줬었지만

마음으로는
마치 내가 승리한 것처럼
한없는 갈채를 경수에게 보냈다.

비행소년

오늘도 한 놈이 날았다
그놈의 성적 때문에

함수에 로그, 제곱, 시그마, 미적분까지
통달했지만
우리는 가장 단순한 숫자,
기본의 1, 2를 감당 못 한다

하정우,
넌 날기 전에 알아야 했어
추락하는 것은 이제 날개가 없다는 걸!

전지하는 날

정우를 그렇게 보내고
모든 소리가 닫혔다

교단의 선생님 설명도
교실 밖,
화단의 꽃나무를 전지하는 소리도

하지만
처절한 나무의 울음소리가
내 맘속 깊은 곳에서는
한없이 들리고 있었다.

감정 카드

쓸데없다고 여겼던
감정 카드*가 나를 울렸다
정우가 죽었을 때도 묵묵부답이던 눈물샘이
그깟,
'울었다'는
한 구절 때문에
펑, 터져 버렸다

울고, 울고, 또 울고!
쏟고, 쏟고, 또 쏟고!

이제 드디어 정우를 보낼 마음이 됐다
정우야, 잘 가!
시험지옥이 아닌 곳에서 편히 잘 살아!

*감정 카드 교실에서 아이들이 서로 감정이 쓰인 카드를 보고 자신의 감정을
　　　　　표현해 보는 것

낭랑 18

뭐?
밝고 명랑한 때라고?

뭐?
기쁘고 좋을 때라고?

뭐? 청춘?
시험 볼 때 지겹게 주는 엿, 너나 다 먹어라!

아, 181818…… 십팔, 씨팔?
젊음을 맘껏 즐길 수 있는 나이라는데……

아, 가여운 내 청춘!
시험의 늪에 빠져 오늘도 사지를 허우적댄다.

쉬는 시간

우리에게 십 분은 에이스 침대다
자동으로 엎어지는 우리의 머리들

침대 과학이 아니라도 좋다
눕지 않는 수면이라도 괜찮다

자도, 자도,
부족한 잠!

십 분을 열 시간으로
엿처럼 늘이고픈
잠자는 교실의 공주들!

추석

보름달 쳐다보며
왜 하필 반달 송편을 좋아하지?

이왕이면
온전한 달떡으로
동그랗게 먹으면 더 좋지 않나?

아하? 그래!
송편 속에 각종 앙금으로 고이 접은
맛있는 꿈이 필요해 반달이야!

눈 맞춤

오랜만에 가족 나들이
신난다!
지하철 타고 놀이공원으로!
모두에게 활짝 웃어 주고 싶다

자랑하고 싶은데,
아무도 봐 주지 않네?
모두 모두 스마트폰과 껌딱지……

이럴 땐 당장에 규칙을 정해야 하는데!
지하철 안에서는 절대로 스마트폰 보지 않기!
서로서로 눈 마주치면 활짝 웃기!

아, 사람들하고 '눈 맞춤' 하고 싶다!

수학여행

그토록 기다렸던 수학여행
버스부터 완전, 성의, 상실!

행선지가 나오면
마치 왕창 먹고 게워내듯
트림하며 우리를 물건처럼 내려준다

주어진 시간은
고작,
10분 아니면 20분

이건 버스 타느라
오르고, 내리고

과식한 버스가
트림하는 물건짝 되었던 날!

심쿵!

배하고 등하고
일자로 붙어 아사 직전!

햄버거집에서
햄버거 시켜 막 집어넣으려는 순간,
입을 커다랗게 벌리려는 순간,

꿈속에서 만나는 내 사랑, 민지가
출입구에 입장!

모든 걸 순간에 정지하고
교양 있게 입을 닫고
마치 이제 막 먹으려는 듯
애꿎은 콜라를 우아하게 저으려는데
손은 손가락까지 후덜덜!
심장은 쿵쾅쿵쾅쿵쾅쿵쾅!!!

유효기간

어렵게, 어렵게!
밤잠을 설치다 민지에게 한 첫 고백
성공은 했는데
전제가 있었다

3학년 땐 안 돼!
올해 2학년 때까지만이야
어떻게 사랑에 제약을 두지?
하지만 아쉬운 놈이 샘 판다고,
그것도 감지덕지
OK, 하고 말았다

유효기간이 있는 내 사랑!
부패는 당연지사?
아, 두려워!

민지야,
우리 둘이 함께했던
봄, 여름, 가을, 겨울, 넌 진짜 다 잊었냐?

깜깜한 내 사랑, 가슴이 타 가슴이 타
시커멓게 눈 감아 버렸다.

나의 첫 번째 입맞춤

이도 안 닦고 갔는데
민지에게 뽀뽕!

설왕설래의 사이,
놀라서 떠진 눈이
바들바들 떠는
연록의 이파리와 딱 마주쳤다

첫 키스의 로망은 이게 아닌데?

하지만
물오른 새싹과,
두근대는 내 가슴과
짜릿한 순간의 합일!

나쁘지 않다! 첫 키스!

밑줄 긋기

왜 이렇게 모르는 게 많지?
왜 이렇게 중요한 게 많지?
왜 이렇게 줄 그을 게 많지?

강조, 강조, 강조!
자꾸만 죽죽 빨간 줄을 긋다 보니
책이 온통 딸기밭이 되고 말았다

한심한 고3
그러나 엄청난 양의 딸기밭에는
한 알의 딸기도 없다

아, 한 번만이라도
오월의 촉촉한 밭에서
청춘의 빨간 딸기를 따고 싶다.

도제 수업

성적이 안 돼 실업계로 꼬나 박힌
현수는
제수업시 법 '도'에 걸렸다고 울었다

그런데 날이 갈수록
구겨진 은박지처럼 돼 가는 나에 비해
현수의 얼굴은 스팀다리미를 맞은 것 마냥 반들반들!

3학년이 되고
도제 수업을 잘 받아
이른 취직까지 해 버린 현수!

수능에 찌들어
제수업시 대학 법 '도'에 걸린 나는
오늘도 막바지 스트레스에 전전긍긍!

수학 영재

내 일찍이
유딩 때부터
'영재'라는 이름을 달고 살았다
그것도
높디높은 고영재!

그러나,
초딩에선 10위 안의 영재, 허걱!
중딩 때는 100위 안의 영재, 헉헉!
고딩에선 미끄럼처럼 밀렸다. 존재 없음!

부끄럽다, 부끄럽다!
고영재라는 내 이름,
진짜 바꾸고 싶다.

3부
화산 폭발

꽃빵

중국집 꽃빵을 보면
알리 아저씨의 터번이 생각나

공장에서 일이 끝나면
아저씨는 하얀 터번을 쓰고
날마다 기도했지
빨리 고국에 돌아가게 해 달라고

어느 날,
그림자처럼 사라져 버린 아저씨

나는 맛있는 꽃빵을 못 먹고
그저 아저씨 보고픈 마음을 풀어내듯
꽃잎만 길게 길게 풀어 내렸어.

우리 집 은행

은행에 돈이 많은 것처럼
우리 집 은행나무엔 은행잎이 많다

엄마가, 아빠가
또 누나가
돈이 없어 쩔쩔매는 걸 보고
은행나무가 많이 미안했나 보다

자꾸 지폐 날리듯
노란 돈을 바람에 슬쩍슬쩍 보낸다.

생일 추카

음치 대학을 졸업한 아빠와
단둘이 사는 까닭에
평생 나를 위한
'해피 벌스데이'를 들어 본 적이 없었다

중3!
나의 교실에서
나를 위한 노래를 듣는다

맛난 간식을 첫 번째로 골라 먹고
아이들이 보낸
단체 추카 문자를 확인한다

배추 단처럼 묶여온 문자들은
김치처럼 발효돼
내 마음에 '행복'이라는 단어를 피워 올린다.

가짜 방학

-낼부터 방학이니 잘 지내고 와요!
선생님 말씀에
우리 삼총사는 책상 치고, 발 구르고
-신나게 놀자!

집에 오니 엄마 말씀
-부족한 학습 보충하려고 학원 늘렸어

망했다!
가짜 여름 방학.

투명인간

울 엄마는
내게 친구는
다 적이라고 말하네

친구를 밟아야
내가 성공한다고 부추기네

친구가 나보다 1점 더 맞으면
친구는 적에서 쩍꾼!으로 변하고 마네

친구가 보이면
가슴에 자꾸 가시가 돋아
나는 어느 날부터
친구를 통과하는 투명인간으로 만들었네

아무 생각 없이
오늘도
헬리콥터 엄마의 하수인인 나는
친구의 투명인간이 되어 가며
푸른 청춘에 먹칠하네.

두문불출

왕따 그거 벨 거 아이다?

암껏도 하들 말고
방에 콱 들어박히는,
방콕 가면 되는기라

글고 하루죙일
컴만 두디리면
껨만 직살나게 파고 있으면
바로 왕따 되는기라

이기 두문불출이다
참 쉽제잉?

마이동풍

말?
그까이꺼,
기양 씹어쁘라!

욕설?
그까이꺼,
마, 기양 통과시키쁘라끄마!

왕따?
그까이꺼,
것도 콱 무시해불먼 된다이카네!

근디
선상님 말씀은
절대 마이동풍하몬 안 된다카이!

수수꽃다리

오월,
푸른 하늘을 향해
뻥튀기를 튀는 라일락

소리도 없건만
바람은 잘도 알고 찾아오네

노래처럼
흠흠흠흠~
숨을 들이마시고

달콤한 보라 향기
모두에게 나눠 주려고
새보다 더 가비얍게 오월을 난다.

이별 연습

정상으로 성숙되지 못한 우리에겐
이별도 연습이 필요하다
그게
사랑이었는지
아직 느끼지도 못했으니까

빠름, 빠름보다 더 빠르게
순간에, 흔적도 없이 사라진 너

폰의 바탕화면 속에서
아직
물기 잃은 웃음을 날리는 너

시간이 필요해!
내 눈물이 너를 흠뻑 적실 때까지.

수련

왜 저만 진흙탕에서 살아야 해요?
불공평해요

그렇지만
절대로 그냥 있진 않을래요
뭔가 할 거예요

아,
찾아냈어요
방법을 알았어요

봐요!
제가 하늘을 향해 띄운
희망의 하얀 종이배.

종이컵의 항변

입으로만
보호, 보호, 또 보호
환경 위하는 척 마시라!

이젠 커피를 휘저으라고
옆구리에 팔까지 달아 주네

잘됐네!
한 손이라도 높이 흔들며
날마다 시위할 거야
지구가 죽을 것 같다고
날마다 아우성치는 소리
더 이상 못 듣겠어

환경 운동은,
입으로 하는 게 아냐
직접 몸으로
행동으로 실천하는 거야!

그러니 제발
날 좀 그만 쓰라고!

지구 마을 밥집

대기권에
밥집을 만들자

그리고 대한민국 남은 밥
모두 올려 보내자

지구가 열심히 자전하면

지구 반대편 배고픈 아이
얼른 올라와 냠냠 먹으면면면면……
지구 마을 굶는 아이 아무도 없겠다

어때,
기막힌 방법이지?

천안함

천안함 침몰,
날마다 텔레비전이 운다
그 밖에서는 온 국민이 운다
나도 운다

잘은 모르지만
뭔가 자꾸 꿈틀거린다

점점 커진다

천안함,
슬픈 씨앗, 한 알
내 가슴속에서 소리 없이 자란다.

하늘나라 아빠

용서 못 해!
아빠가 아무 말 없이
그렇게 훌쩍 떠난 것

엄마와 난
째깍, 하는 1초마다
―아빠, 사랑해!
말하고 싶어 미칠 지경이야

혹시
너무 빨리 왔다고
하느님한테
날마다 혼나고 있는 것 아냐?

그렇담,
빨리 돌아와!
다 용서할게
―아빠, 정말 보고 싶어.

5.18

내가 사는 곳, 빛고을 광주
해마다 오월이면
사방에서
물결처럼 파도가 밀려온다

5.18 전야제
5.18 대동제
5.18 민주화 운동
오월의 푸른 함성들이
깃발처럼 날린다

5.18에 아무것도 못 했지만
5.18! 하면
물밀듯 가슴에 다가와 안기는 그 무엇,
5.18 정신!

안경

날마다
땡볕에서 일하는 우리 아빠
안경은 두 개

집에 돌아와
벗어도, 박박 씻어도
여전히 남아 있는
까만 얼굴에 선명한!
하얀, 또 하나의 안경

난 자꾸만 그 자리에
살구색으로
아빠의 살 안경을 덧칠해 주고 싶다.

목수 아버지

나무들 마음을 꿰뚫고 계시는 우리 아버지
집을 지으실 때
아무리 복잡하고 힘들어도
못을 쓰지 않는다

끌로 구멍을 내고
톱으로 고를 내어 맞추는,
길고 긴 시간

나무는 나무끼리 좋아해
어깨 차고 악수하며
더 튼튼한 집이 된다는 것을!
이 세상에서 가장 잘 아는 우리 아버지.

화산 폭발 - 여드름

누구는 청춘의 심볼이라는데
날마다 치솟는 열꽃은
내 청춘을 좀먹는다
만지지 말아야 할 것,
다짐을 두지만
어느새 손끝은 화산 청소를 하고 있다.
소행성의 어린 왕자가 그랬을까?
나의 장미 때문에
내 손끝은 오늘도 화산 청소를 하느라
공부보다 더 바쁘다.

김영미 청소년 시집

붕어빵과 달

초판 발행 2017년 11월 30일
초판 인쇄 2017년 11월 23일

시 김영미 | **그림** 장여회

펴낸이 정태선
기획·편집 안경란·정애영 | **디자인** 한민혜
펴낸곳 파란정원(자매사 책먹는아이) | **출판등록** 제395-2010-000070호
주소 서울시 서대문구 모래내로 464 2층(홍제동) | **전화** 02-6925-1628 | **팩스** 02-723-1629
홈페이지 www.bluegarden.kr | **전자우편** eatingbooks@naver.com
종이 세종페이퍼 | **인쇄** 조일문화인쇄사 | **제본** 선명

글ⓒ김영미 2017
ISBN 979-11-5868-126-5 43810

이 도서의 국립중앙도서관 출판예정도서목록(CIP)은 서지정보유통지원시스템 홈페이지
(http://seoji.nl.go.kr)와 국가자료공동목록시스템(http://www.nl.go.kr/kolisnet)에서
이용하실 수 있습니다.(CIP제어번호: CIP2017029414)

※이 도서는 광주문화재단 지역문화예술육성지원사업의 지원금을 받아 제작되었습니다.